ESTE LIBRO
PERTENECE A:

*Para el maravilloSo, eStupendo y fabuloSo MatíaSSS,
experto en discusiones (y reconciliaciones) fraternales*
BEGOÑA ORO

Papel certificado por el Forest Stewardship Council®

Primera edición: octubre de 2023

Printed in Spain – Impreso en España

ISBN: 978-84-488-6611-2
Depósito legal: B-13.710-2023

Compuesto por Keila Elm
Impreso en Talleres Gráficos Soler S.A
Esplugues de Llobregat (Barcelona)

BE 66112

EL DRAGÓN de las LETRAS

DOS SAPOS, UN DRAGÓN Y UN SOLO COLCHÓN

★Beascoa

AQUÍ HAY UN
DRAGÓN...

PERO ¡NO ES UN DRAGÓN CUALQUIERA!
ES EL DRAGÓN RAMÓN Y ES ESPECIAL PORQUE...

¡ES EL DRAGÓN DE LAS LETRAS!

RAMÓN ES UN CACHORRO DE DRAGÓN Y TIENE TODO LO QUE UN DRAGÓN SUELE TENER:

ALAS DE DRAGÓN

ESCAMAS DE DRAGÓN

COLA DE DRAGÓN

FAUCES DE DRAGÓN

PATITAS DE DRAGÓN

PERO HAY ALGO QUE HACE A **RAMÓN**
DISTINTO A LOS DEMÁS DRAGONES:
NO ES CAPAZ DE ECHAR FUEGO POR LA BOCA.

¡PARECE UN DRAMÓN!

PERO NO LO ES.

CADA VEZ QUE RAMÓN INTENTA ESCUPIR FUEGO, EN VEZ
DE FUEGO, ECHA UNA LETRA. ¡Y CON LAS LETRAS SE PUEDEN
VIVIR UN MONTÓN DE AVENTURAS Y RESOLVER TODO TIPO
DE PROBLEMAS!

TODO EL MUNDO LO SABE, Y AHORA, CUANDO ALGUIEN
TIENE UN PROBLEMA, LLAMA AL **DRAGÓN DE LAS LETRAS**.
Y LO MEJOR ES QUE RAMÓN SIEMPRE SIEMPRE
ACUDE AL RESCATE.

LO QUE NADIE SABE, NI SIQUIERA EL PROPIO **RAMÓN**,
ES QUÉ LETRA SALDRÁ.

(PASA LA PÁGINA Y LO AVERIGUARÁS).

SOFÍA Y **S**IMÓN
SE PELEAN UN MONTÓN

Y TIENEN QUE DORMIR
EN UN **S**OLO COLCHÓN.

—MOLE**S**TA**S**, PE**S**ADO.

—¡TÚ MÁ**S** A MÍ!

¡A**SÍ** NO **S**E
PUEDE DORMIR!

–¡AYUDA, DRAGÓN DE LA**S** LETRA**S**!

RAMÓN VUELA AL RE**S**CATE.

¿QUÉ LETRA **S**ALDRÁ DE **SUS** FAUCES?

¡UNA S!

—PODÉI**S** US**A**RLA DE LITERA
—DICE RAMÓN.

¡QUÉ IDEA MÁ**S** BUENA!

—ME PIDO ARRIBA
—CROA **S**OFÍA.

—¡ARRIBA VOY YO!
—CROA **S**IMÓN.

¡OTRA DISCUSIÓN!

—LOS LUNES, SOFÍA.
LOS MARTES, SIMÓN
—SUGIERE RAMÓN.

—¡ES MARTES!
—CROA SIMÓN.

Y SALTA.
¡ALEHOP!

—¡QUÉ BIEN
SE E**ST**Á **S**OLITO!

SIMÓN **S**E QUEDA FRITO.

SIMÓN **S**UEÑA
QUE **S**ALTA EN EL RÍO.

ZAMPA A **S**U PA**S**O
MO**S**CA**S**, MO**S**QUITO**S**...

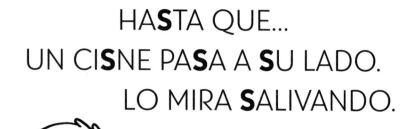

HASTA QUE...
UN CISNE PASA A SU LADO.
LO MIRA SALIVANDO.

SE LE HACE EL PICO AGUA.
—MMM... ¡QUÉ DELICIO**S**O
SAPO!

EL **S**UEÑO **S**E VUELVE PE**S**ADILLA.

—¡**S**OCORRO!
¡**S**ÁLVAME, **S**OFÍA!

SOFÍA **S**E A**SUS**TA
Y CHILLA:

—¡NO PUEDO ENTRAR
EN TU PE**S**ADILLA!

—¡SOCORRO, DRAGÓN DE LAS LETRAS!

RAMÓN VIENE VOLANDO.
SOFÍA **S**E **S**UBE A **S**U PA**S**O.
Y JUNTO**S**...

... ENTRAN EN LA PESADILLA DE SIMÓN.

RAMÓN ESCUPE UNA S.

—¡AAAH! ¡UNA **S**ERPIENTE!

EL CISNE SE HA ASUSTADO.

EL HAMBRE DE **S**APO
SE LE HA PA**S**ADO.

—¡MEJOR ME
VOY VOLANDO!

SOFÍA Y **S**IMÓN
SE VAN TAMBIÉN.
POR **S**I ACA**S**O.

AHORA TOCA
UN BUEN DE**S**CAN**S**O.
¿DÓNDE?

EN UN **S**OLO, ENORME
Y **S**UAVE COLCHÓN:
¡LA TRIPOTA DEL
DRAGÓN RAMÓN!

¡SE ACABÓ LA DISCUSIÓN!

EL **SUEÑO** DE LOS **SAPITOS**

BUSCA EN EL SUEÑO DE SOFÍA Y SIMÓN SEIS
COSAS QUE EMPIECEN CON S!

HAMBRE DE S

¿TIENES **HAMBRE**? ¡SOLO PUEDES COMER COSAS QUE TENGAN **S**! SEÑÁLALAS.

CHOCOLATE   SANDÍA   SOPA   PERA

LECHUGA   GUISANTES   PASTEL

SALMÓN   ENSALADA   MIEL   QUESO

¿EN QUÉ ORDEN TE LAS COMERÍAS?

TRABALENGUAS

¿ERES CAPAZ DE RECITAR ESTE **TRABALENGUAS**? PRUEBA A LEERLO VARIAS VECES, CADA VEZ MÁS RÁPIDO.

—¡PASA, PASA, MARIPOSA!

LA MARIPOSA NO SE POSA.

—PISA, PISA, PISA SIN PRISA.

NI PASA, NI POSA, NI PESA, NI PISA.

¡A LA MARIPOSA LE DA LA RISA!

¿PUEDES DIBUJAR UNA MARIPOSA MUERTA DE RISA?

UNA S RECORTABLE

¿TE ANIMAS A HACER ESTA
MANUALIDAD CON RAMÓN?

¡RECORTA LA S Y PÍNTALA
CON TUS COLORES FAVORITOS!